U0001947

冬漫社 著・繪

野人

Graphic Times 59

編　　者　冬漫社
繪　　者　冬漫社

野人文化股份有限公司
社　　長　張瑩瑩
總 編 輯　蔡麗真
責任編輯　徐子涵
專業校對　魏秋綢
行銷經理　林麗紅
行銷企畫　蔡逸萱、李映柔
封面設計　周家瑤
內頁排版　洪素貞

讀書共和國出版集團
社　　長　郭重興
發 行 人　曾大福

出　　版　野人文化股份有限公司
發　　行　遠足文化事業股份有限公司
地址：231 新北市新店區民權路 108-2 號 9 樓
電話：（02）2218-1417　傳真：（02）8667-1065
電子信箱：service@bookrep.com.tw
網址：www.bookrep.com.tw
郵撥帳號：19504465 遠足文化事業股份有限公司
客服專線：0800-221-029
法律顧問　華洋法律事務所　蘇文生律師
印　　製　凱林彩印股份有限公司
初版首刷　2023 年 6 月

有著作權　侵害必究
特別聲明：有關本書中的言論內容，不代表本公司 / 出版集團之立場與意見，文責由作者自行承擔

歡迎團體訂購，另有優惠，請洽業務部（02）22181417 分機 1124

國家圖書館出版品預行編目（CIP）資料

大貓熊文豪班 . 5, 跟曹操熊學 (詩詞) / 冬漫社編 . 繪 . -- 初版 . -- 新北市 : 野人文化股份有限公司出版 : 遠足文化事業股份有限公司發行 , 2023.06
面；　公分 . -- (Graphic times ; 59)
ISBN 978-986-384-874-5(平裝)

1.CST: 詩詞 2.CST: 漫畫

831.999　　112006604

© 冬漫社 2022
本書中文繁體版由成都漫悅科技有限公司通過中信出版集團股份有限公司、成都天鳶文化傳播有限公司授權野人文化股份有限公司在全世界除中國大陸獨家出版發行。
ALL RIGHTS RESERVED

野人文化官方網頁　野人文化讀者回函

大熊貓文豪班 (5)

線上讀者回函專用 QR CODE，你的寶貴意見，將是我們進步的最大動力。

大貓熊文豪班 5

跟曹操熊學【詩詞】

熊貓小知識：
熊貓是熊科動物，學名為「大貓熊」，但因為熊貓已經成為大眾約定俗成的暱稱，因此本書仍使用「熊貓」來稱呼。

前言

在久遠的傳說中，存在著這樣一個平行世界。它有著上下五千年的歷史，有著百家爭鳴的文化底蘊，有著自強不息的民族精神……那裡的居民都是熊貓，他們的故事源遠流長，餘韻不息。其中一些傑出的熊貓，在漫長的歷史中脫穎而出，成了千古傳誦的大文豪。

當我們打開這本書，進入熊貓世界，我們會跟著這些熊貓文豪一起生活，看看他們所處的時代，看看他們如何與命運抗爭，也看看他們是在何種機緣之下，達成了萬人矚目的成就。

通過閱讀這些故事，我們會學到這些文豪的代表作品，也會掌握一些學習詩詞古文的訣竅。大家可以偷偷把這些竅門應用到語文學習中，讓自己輕鬆愉快地突破壁壘，獲得更好的成績。還可以拓展知識領域和眼界，用更豐富多彩的視角看待我們生活的世界。

接下來，就讓我們認識一下這些萌萌的熊貓文豪吧！

「熊貓文豪班」的故事現有六冊，本冊為詩詞入門篇，將有十二位熊貓文豪同學和大家見面。

公民課小老師曹操是詩才卓絕的亂世梟雄，在紛亂的時代一統北方。學習他的〈觀滄海〉、〈龜雖壽〉、〈蒿ㄏㄠ里行〉，能體會一代梟(ㄒㄧㄠ)雄的心境。

天真熱血的王勃是國文課小老師，他是初唐四傑之一，憑藉一篇〈滕王閣序〉名揚天下，讓我們來看看這篇奇文究竟有何魅力。而同屬初唐四傑的還有楊炯(ㄐㄩㄥˇ)、盧照鄰、駱賓王，他們年少才高，文采斐然，筆下詩篇同樣千古傳誦。

耿直膽大的陳子昂是活動總召，他舉起詩文革新的大旗，勇於創新，堅定地追求理想。我們一起來學習他的〈感遇詩三十八首〉和〈登幽州臺歌〉。

勇於進取的岑(ㄘㄣˊ)參(ㄕㄣ)是地理課小老師，作為邊塞詩人，他的足跡跨越大唐邊疆。我們來看看在〈逢入京使〉中，他是怎樣將豪情與柔情交織在一起的。

和岑參一樣，高適、王昌齡、王之渙三位同學也是慷慨豪情的邊塞詩熊，在〈燕歌行〉〈別董大〉〈涼州詞〉〈登鸛雀樓〉中，我們將看到他們不屈的家國情懷。

美術課小老師王維，他是「詩佛」，更是繪畫高手，他「詩中有畫，畫中有詩」的境界無熊能及。讓我們來體會一下〈竹里館〉、〈終南別業〉、〈鳥鳴澗〉中的詩情畫意。

任性率真的孟浩然是自然課代表，作為山水田園詩熊，他酷愛旅遊，一生迷戀山水田園，〈過故人莊〉、〈登鹿門山〉為我們帶來了別樣的風景。

接下來，就讓我們一起走進熊貓世界，和這些萌萌的熊貓文豪一起玩耍吧。

熊貓文豪二班
班級幹部競選（第二彈）

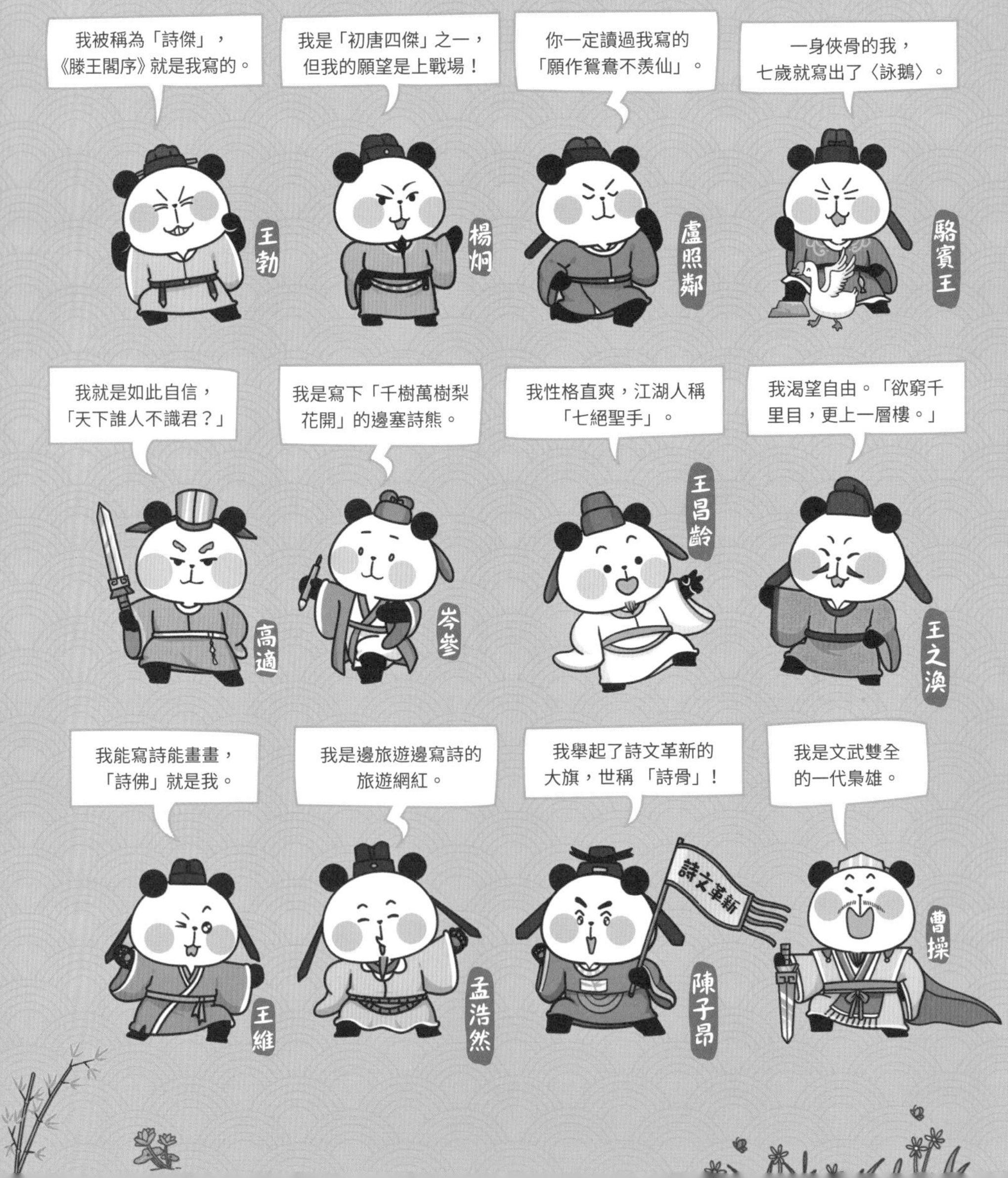
我被稱為「詩傑」，
《滕王閣序》就是我寫的。
王勃
我是「初唐四傑」之一，
但我的願望是上戰場！
楊炯
你一定讀過我寫的
「願作鴛鴦不羨仙」。
盧照鄰
一身俠骨的我，
七歲就寫出了〈詠鵝〉。
駱賓王
我就是如此自信，
「天下誰人不識君？」
高適
我是寫下「千樹萬樹梨
花開」的邊塞詩熊。
岑參
我性格直爽，江湖人稱
「七絕聖手」。
王昌齡
我渴望自由。「欲窮千
里目，更上一層樓。」
王之渙
我能寫詩能畫畫，
「詩佛」就是我。
王維
我是邊旅遊邊寫詩的
旅遊網紅。
孟浩然
我舉起了詩文革新的
大旗，世稱「詩骨」！
詩文革新
陳子昂
我是文武雙全
的一代梟雄。
曹操

大貓熊文豪班 5

跟曹操熊學【詩詞】

文豪佳句習字帖

老驥伏櫪志在千里烈

士暮年壯心不已

曹操〈龜雖壽〉

城闕輔三秦風煙望五
津與君離別意同是宦
遊人海內存知己天涯
若比鄰無為在歧路兒

班長
為了讓班幹部競選順利進行，我和公關股長班昭給大家準備了投票牌。
孟子
希望大家踴躍參加接下來的競選。
班昭
讓我來，我要參加競選！
曹操
荀子
同意
我乃運籌帷幄的一代梟雄，當公民課小老師有誰不服？
不敢不服
謝謝大家！接下來有請下一位。
怎麼搶我臺詞？
詩文革新就是我發起的，選我當活動總召，我會帶領大家勇於創新，堅定地追求理想！
陳子昂
好！全票通過！有請下一位。
這位同學，你可以回座位了。
如果大家有被「落霞與孤鶩齊飛」驚豔到，就選我當國文課小老師吧！
王勃
這句詩寫得太絕了，我們沒有異議！
李賀

欲知後續如何，請看下一冊。

目錄

詩才卓絕的亂世梟雄
曹操 011

年少才高的初唐四杰
初唐四傑 040

初唐詩文革新的旗手
陳子昂 071

邊塞四大詩人
邊塞詩人 096

志同道合的田園詩人
王維 孟浩然 126

我可是個
會寫詩的梟雄！

曹操

（155—220）

三國時期的一代梟雄，文武雙全，人紅是非多，千百年來，喜歡他的人和討厭他的人一直爭論不休。

酒

東漢後期，宦官專政，朝局混亂。
華夏大地出現了一位傳奇熊貓。

三國（220—280）指的是繼東漢後出現的魏、蜀、吳三個政權鼎立的歷史時期。

為什麼遮住臉，
吹牛的吧？
不要迷戀哥，
哥只是個傳說。
就是就是！

在熊貓們耳熟能詳的故事裡，
他是陰險狡詐的奸熊，也是平定天下的英熊……

我可是魏武帝！
一個國賊而已，
有什麼好吹噓的。
這明明是
大英雄好不好！

更是引領了一代文學風潮的大文豪，
他就是一代梟熊曹操！

曹操的祖父是被封為費亭侯的宦官曹騰，
父親曹嵩在漢靈帝時做過太尉。

曹騰，東漢宦官，他的養子曹嵩就是曹操的父親。曹騰曾因迎立漢桓帝有功，被封為「費亭侯」。

出身權宦之家的曹操，從小就是個調皮蛋，
經常和同為紈ㄨㄢˊ褲子弟的袁紹混在一起。

幾年後，曹操當了洛陽北部尉，
袁紹當了濮ㄆㄨˊ陽令，好兄弟就此分離。

洛陽北部尉是一個官職，負責洛陽城北部的治安。

曹操上任後，發現權宦蹇（ㄐㄧㄢˇ）碩的叔叔蹇圖仗著自己是權貴，
目無法紀，宵禁之後還在大街上飆車。

為了教他做熊，曹操就拿出了五色棒胖揍了他一頓！
其他權貴聽說後，紛紛改邪歸正。

五色棒是曹操執法時所用的棒子，只要是有人犯禁，不管是誰，都要被棒打。因為棒子上塗有紅、黃、綠、白、黑五種顏色，所以叫作五色棒。

曹操的工作成績十分亮眼，本可以就此步步高升，
但到了他快三十歲的時候，黃巾起義爆發了。

東漢末年，朝政腐敗，民不聊生，大量農民失去土地淪為流民。一八四年，太平道首領張角發動農民起義，提出「蒼天已死，黃天當立」的口號，起義軍頭繫黃巾，被稱為黃巾軍。

蒼天已死，
黃天當立！

曹操被任命為騎都尉，
與朝廷其他將領一起領兵進攻黃巾軍，戰功赫赫。

快跑啊，
曹操來了！
你們完蛋了！

黃巾起義基本被平定後，朝政依舊混亂。
後來，朝廷大權落到了董卓手上。

董卓（?—192），東漢末年將領，擁立漢獻帝後把持朝政。

董卓帶兵進京，在洛陽城裡燒殺搶掠（ㄌㄩㄝˋ），無惡不作。
他對曹操倒是青眼有加，想拉他入夥。

可曹操看不慣董卓的暴行，
不願為虎作倀，就偷偷逃出了洛陽。

賊臣持國柄，殺主滅宇京。
——曹操〈薤露行〉

條件怎麼樣，你就跟著我幹吧。
你個反賊，我才不跟你同流合污！

解讀

董卓這個亂臣賊子乘亂把持了國家大權，謀害皇帝，還焚燒了洛陽城。

曹操回到陳留招兵買馬，號召天下英熊討伐董卓。
好友袁紹因為家世高貴被推舉為盟主。

討董聯軍是由王匡、孔伷、劉岱、張邈等地方勢力組成的。袁紹被眾人推選為盟主。

從今以後曹操兄弟也是我們的一分子了！
盟主的兄弟就是我們的兄弟，乾杯！
乾杯！

然而，聯軍裡的各路勢力都有自己的小算盤，
並不齊心協力，這讓曹操是有勁兒沒處使。

曹操一邊看著浴血奮戰的將士們，
感慨他們奮勇殺敵。

關東有義士，興兵討群凶。
——曹操〈蒿里行〉

解讀 關東的州郡將領，都起兵討伐董卓和他的黨羽。

一邊看著飽受戰亂之苦的百姓，
哀歎不已。

白骨露於野，千里無雞鳴。
——曹操〈蒿里行〉

你走了，
我可怎麼活啊！
幫他們處理下
後事吧。

解讀
屍骨曝露在野地裡無人收埋，千里之間沒有人煙，聽不到雞鳴。

他決定靠自己來平定天下。
於是，他飛速壯大實力，擴充地盤。

有捷報！
捷報！
又有捷報了！
不錯不錯，事情開始朝
我希望的方向發展了。

後來，董卓被殺，漢獻帝終於恢復自由身。
但很快，董卓的手下發生內訌(ㄏㄨㄥˋ)，局勢又混亂起來。

各方勢力都覺得這是個機會，
但他們考慮得太多，一直猶豫不決。

沮授和郭圖都是袁紹的謀士。

唯有曹操抓住時機，果斷地把漢獻帝接來自己的大本營，
開始了挾天子以令諸侯的大戲。

挾天子而令諸侯。
——《三國志·袁紹傳》

解讀
挾持了天子，並用其名義發號施令。

他一面用皇帝的名義行使各種權力，
一面親自率兵征討北方的割據勢力。

在隨後幾年中，曹操滅掉數個軍閥，戰績斐然，
迅速崛起成為不可忽視的勢力。

這時，一直圖謀稱霸北方的袁紹再也無法忍受。
昔日兄弟情誼破滅，袁紹集結十萬精兵，
直奔曹操的大本營許都。

許都，大概位於今天的河南省許昌市東部。

此時曹操手下兵力雖然遠不及袁紹，但他毫不怯場，
出奇兵燒掉了袁軍的糧草庫，斷了袁軍的後路。

在袁軍軍心動搖之際，曹軍全線出擊，
在官渡一舉擊潰袁紹的十萬大軍！

官渡之戰是中國歷史上著名的以弱勝強的戰役之一。曹操在這次戰爭中擊潰袁紹主力，為之後統一北方奠定了基礎。

接著曹操一鼓作氣派兵北上，開始北征，
終於在七年後基本統一了北方。

曹操登上碣石山，看著洶湧澎湃的海浪，
寫下雄渾蒼勁的〈觀滄海〉，抒發自己的萬丈豪情。

雖然曹操已經不再年輕，但他一統天下的腳步並未停止。

老驥伏櫪，志在千里；烈士暮年，壯心不已。

——曹操〈龜雖壽〉

他親率大軍飲馬長江，準備一統天下。

卻沒想到自己在赤壁之戰中被孫劉聯軍打敗。
這一戰，也成了他熊生的轉捩點。

哎喲哎喲！
趕緊走吧！
孫
劉

赤壁之戰時，孫權和劉備聯合起來，共同抵抗曹操的大軍，並獲得了勝利。赤壁之戰同樣是中國歷史上以弱勝強的經典戰役。

赤壁之戰後，曹操退回北方休養生息。

老大，我們打下漢中，
該進軍蜀地了。
司馬懿
我累了，不想打了。

北方社會漸漸安定下來，
讓建安文學得以在戰亂時代發展。

解讀
魏武帝曹操身為丞相、魏王，一向愛好詩歌文章。

魏武以相王之尊，雅愛詩章。
——〈文心雕龍·時序〉

以建安七子為代表的熊貓文士，紛紛投奔曹操。

解讀
我願如周公般禮賢下士，天下英傑都真心歸順我。

周公吐哺，天下歸心。
——曹操〈短歌行〉

建安七子中的大部分，都視曹操為知己，
他們在文學上都獲得了很高的成就。

好詩就是要配好酒！
來來來，接著喝！
酒

建安七子是漢獻帝建安年間（196—220）的七位文學家的合稱，包括孔融、陳琳、王粲、徐幹、阮瑀、應瑒和劉楨。

曹操還發掘了大才熊楊修，
非常欣賞他的才華。

不錯，符合我的
用熊標準。
嘿嘿，感謝主公
給我這份工作。
楊修

楊修（175—219），字德祖，東漢文學家，「雞肋」典故的主人公。

可曹操疑心病重，見楊修處處炫耀自己聰明，
便以通敵的名義將他處死。

建安七子之一的孔融，看不慣曹操的所作所為。

孔融（153—208），東漢文學家，建安七子之一。擅作詩文，為人恃才傲物。

他經常對曹操冷嘲熱諷。

孔融 V
發於20分鐘前
古有武王伐紂，把妲己賞給周公。
1000
3000
1萬
曹操 V
我怎麼沒聽說過，你這個典故從哪兒讀來的？
孔融：看看您兒子幹的好事，事情大概就是這樣的。

曹操氣得七竅生煙，
於是命人搜集了孔融的不當言論，找了個藉口把他殺了。

我說的都是實話！
這就是不會說話的下場！

一生征戰的曹操，六十五歲時在洛陽病逝。
幾個月後，曹丕稱帝，追尊曹操為魏武帝。

曹操的兩個兒子曹丕、曹植都是建安文學的代表人物，父子三人合稱「三曹」。

您放心吧，父親，
我會守住曹家基業的。
父親您就放心吧。
魏武帝曹操
曹丕
曹植

後世熊貓對曹操的評價毀譽參半，
卻不能否認他一代梟熊與文豪的地位。

真正的我就是
這麼溫文爾雅！
胡說，明明是我
這驍勇善戰的模樣！
文豪·曹操
梟雄·曹操

他的功過是非，你是怎樣看待的呢？

曹操的優秀作品很多，這裡我們選取了其中兩首，一起來讀一讀吧。

觀滄海

東臨碣石，以觀滄海。水何澹澹，山島竦峙。
樹木叢生，百草豐茂。秋風蕭瑟，洪波湧起。
日月之行，若出其中。星漢燦爛，若出其裡。
幸甚至哉，歌以詠志。

解讀：〈觀滄海〉這首詩是曹操北征烏桓勝利後班師途中，在碣石山登山望海時所作。詩人運用浪漫主義的手法，描寫了雄偉壯麗的山河景色，表達了自己胸懷天下的進取精神。

龜雖壽

神龜雖壽，猶有竟時；騰蛇乘霧，終為土灰。

老驥（ㄐㄧˋ）伏櫪（ㄌㄧˋ），志在千里；烈士暮年，壯心不已。

盈縮之期，不但在天；養怡之福，可得永年。

幸甚至哉，歌以詠志。

解讀： 神龜雖然長壽，但牠的生命也會有結束的一天；騰蛇儘管能騰雲駕霧，但終究也會死去化為塵土。衰老的駿馬依舊有馳騁千里的雄心；年邁的志士即使到了晚年也不會泯滅心中的志向。每個人壽命的長短，不只是由上天決定的；身心和悅，就可以益壽延年。真是幸運極了，就用歌唱來表達自己的感情吧。

我的生命終於
走到了盡頭。
壽

曹操的詩歌

曹操是建安文學的開創者和核心人物，在中國文學史上具有重要的地位。

曹操的詩歌雖然有著浪漫主義的放達逍遙，卻也往往流露出悲涼慷慨的意味。他的詩歌藝術風格樸實無華，不尚藻飾。他的詩作存世數量不多，且全部是樂府詩體，代表詩作有〈短歌行〉、〈蒿里行〉、〈苦寒行〉、〈步出夏門行〉等。曹操還開創了以樂府寫時事的文學傳統，對後世影響深遠。

望梅止渴

有次曹操帶兵出征，途中找不到有水的地方，士兵們都很口渴。於是曹操叫手下傳話給士兵們說：「前面有一大片梅林，結了許多梅子，又甜又酸，可以解渴。」士兵們聽後，嘴裡直流口水，頓時覺得沒那麼渴了。後人將這個典故稱為望梅止渴。也比喻願望無法實現，用空想安慰自己。

曹操紀念館

看完戎馬一生的梟雄曹操的故事，讓我們前往安徽亳州的曹操紀念館看看吧。

紀念館位於曹操公園內，一進公園門就能看到曹操的雕像。紀念館內設有五個展廳，依次陳設了關於曹操的政治、軍事、文學各方面成就的展覽，以及對他的家族、部下的介紹，是一處瞭解曹操生平事蹟的好去處。

曹操

這是我打下的江山！

14 分鐘前

♡許劭，趙雲，曹丕，曹植，李世民，王勃，蘇洵

許劭：清平之奸賊，亂世之英雄。

趙雲：大國賊，真不知道你為什麼能有粉絲。

曹植：父親真厲害，給您按讚！

曹丕回覆曹植：馬屁精。

李世民：前輩文武雙全，匡扶朝綱，已經超過了太多前人，佩服佩服。

曹操回覆李世民：過獎過獎，我們倆差不多。

王勃：前輩真是打仗的好手啊，總是能出奇制勝，厲害！

蘇洵：你有奪取天下的謀略，就是少了點兒奪取天下的肚量，可惜呀可惜。

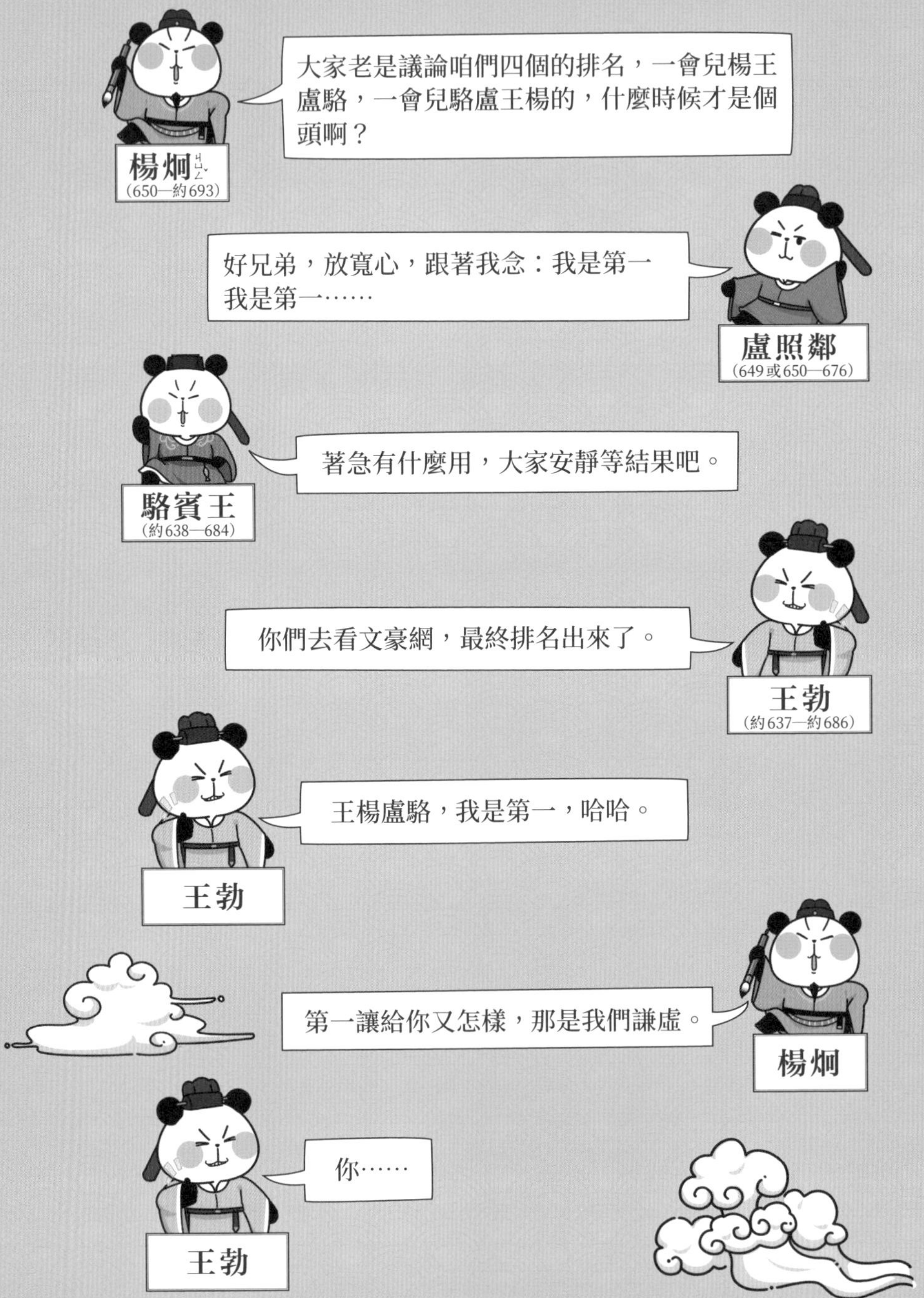

大家老是議論咱們四個的排名，一會兒楊王盧駱，一會兒駱盧王楊的，什麼時候才是個頭啊？
楊炯ㄐㄩㄥˇ
（650—約693）
好兄弟，放寬心，跟著我念：我是第一我是第一……
盧照鄰
（649或650—676）
著急有什麼用，大家安靜等結果吧。
駱賓王
（約638—684）
你們去看文豪網，最終排名出來了。
王勃
（約637—約686）
王楊盧駱，我是第一，哈哈。
王勃
第一讓給你又怎樣，那是我們謙虛。
楊炯
你……
王勃

初唐四傑

這是對初唐詩人王勃、楊炯、盧照鄰、駱賓王四人的合稱。他們才華橫溢、個性鮮明，為唐詩的發展走向巔峰拉開了序幕。

經歷了混亂的南北朝和短暫的隋朝，
熊貓們終於迎來了詩歌的盛世——唐朝！

唐詩的時代，
終於到來了。

但在初唐時期，
柔靡綺麗的宮體詩依然影響著詩熊們的創作。

宮體詩指描寫宮廷生活的詩，在形式上追求辭藻華麗。這種詩體流行於南朝梁陳時期，對隋代及唐初的詩歌創作影響較大。

這……
別著急，我的
影響還在。
宮體詩

這時，四個詩熊的出現，扭轉了詩壇習氣，
引領唐詩走向充滿豪情與風骨的道路，他們被稱為初唐四傑！

王楊盧駱當時體，輕薄為文哂未休。爾曹身與名俱滅，不廢江河萬古流。
——杜甫〈戲為六絕句・其二〉

下去吧你！
這是我們的時代！
盧照鄰
王勃
駱賓王
楊炯
宮體詩

解讀

王楊盧駱四人的詩文自成一體，淺薄的評論者卻譏笑他們平平無奇。等這些淺薄的人化為塵土之後，四傑的名聲和作品依然像長江黃河一樣萬古流芳。

四傑之一的王勃，是個大大的天才。
他九歲時就能寫文章指出專家的疏漏，十六歲就考中科舉。

王勃，字子安，……九歲得顏師古注《漢書》讀之，作〈指瑕〉以擿其失。……年未及冠，授朝散郎。
——《新唐書》

成功上岸
天生神童
及第

解讀

王勃，字子安，……他九歲時讀完顏師古注的《漢書》後，就寫了〈指瑕〉指出其中的錯誤。……他還沒成年時，就被授予朝散郎的官階。

在同齡熊貓還在勤勤懇懇的讀書時，
他已經在沛王李賢那裡找到工作了。

李賢是唐高宗李治第六子，他聽說王勃的才名後，邀請王勃到自己的王府做官。

在王府上班期間，王勃認識了一個姓杜的同事，
兩人志趣相投，很快成了好朋友。

可沒多久，小杜就被調到蜀地做官了。
他非常捨不得王勃，王勃便寫了一首詩安慰他。

城闕輔三秦，風煙望五津。與君離別意，同是宦遊人。海內存知己，天涯若比鄰。無為在歧路，兒女共沾巾。

——王勃〈送杜少府之任蜀州〉

不知道什麼時候
才能再見到你……
打起精神來，好兄弟！
我們的心永遠在一起！

解讀

這首送別詩毫無悲涼悽愴之氣，格調爽朗，意境曠達，表達了友情深厚，江山難阻的寶貴情誼。

好兄弟離開後，
王勃便全身心投入工作中。

王勃當時擔任沛王府修撰，實際就是沛王李賢的伴讀，主要工作就是陪李賢玩，幫李賢寫稿子。

這個需要你來寫！
老闆說
這個只能讓你寫！
都放下吧。

沛王愛鬥雞，有一次他和弟弟英王鬥雞，王勃大筆一揮，
一篇給老闆助興的駢(ㄆㄧㄢˊ)文就此誕生。

〈檄(ㄒㄧˊ)英王雞〉是王勃寫來討伐英王雞的駢文，檄文在古代是朝廷用來曉諭、徵召、聲討的文書，王勃用正式文書的形式寫鬥雞，雖然是戲作，也給他埋下了禍根。

老闆，今天我方氣勢如虹！
哈哈，快寫篇文章來助興！
沛王

這本來只是少年人的玩笑，可唐高宗聽說後，
卻認為王勃在挑撥皇子爭鬥，把他趕出了沛王府。

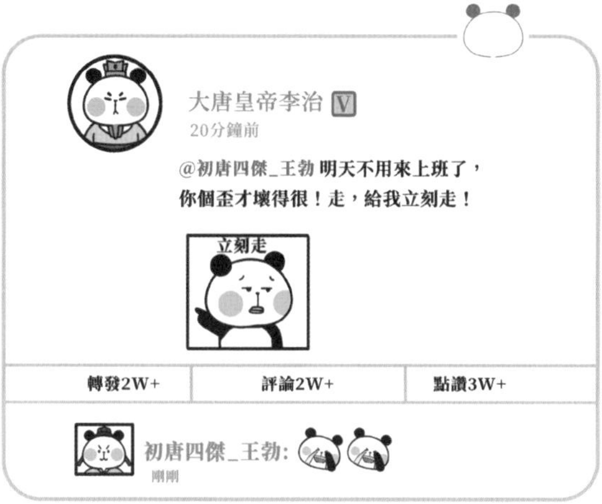
大唐皇帝李治 V
20分鐘前
@初唐四傑_王勃 明天不用來上班了，
你個歪才壞得很！走，給我立刻走！
立刻走
轉發2W+
評論2W+
點讚3W+
初唐四傑_王勃:
剛剛

王勃難過極了，他離開長安，
直奔好友所在的蜀地，遊玩散心。

好兄弟，笑一笑，
煩惱才會跑掉喲！

客心千里倦，春事一朝歸。還傷北園裡，重見落花飛。

——王勃〈羈春〉

解讀

蜀地的風景雖然美麗，但王勃無心欣賞，他心裡想的還是自己的處境和對長安的思念。

可他那顆想建功立業的心始終躁動不安，
很快，王勃就返回長安，獲得了一個參軍的官職。

好兄弟，
我走了，
別忘了
「天涯若比鄰」。
真是想來就來，
想走就走！

但沒多久，王勃就中了跟自己有過節的熊貓設下的圈套，
他差點兒丟了小命，還連累父親被貶官。

王勃因殺死官奴曹達，被判了死罪，但遇到大赦，保住了性命，可他的父親王福時卻因為這件事被貶為交趾（在今天的越南）令。

為什麼
倒楣的又是我？

王勃愧疚極了，立刻起程去探望父親。

王勃性格中雖有放浪不羈的一面，但他非常孝順。他小時候為了能更好照顧父母，還特地學過醫術。因此連累父親對他來說是個重大打擊。

我自己犯的錯，
卻害了老爸，
我真是太混蛋了！

他路過南昌時，正好碰到當地名流在新修的滕王閣開派對，
王勃也被邀請參加。

舉辦宴會的閻都督，
原本想炫耀自己女婿的才學，還拉了一大幫人當陪襯。

不知內幕的王勃，聽到要比寫文章，
就自告奮勇開始揮毫潑墨。

放著我來！

這一揮，就寫出了千古名篇〈滕王閣序〉！

落霞與孤鶩齊飛，
秋水共長天一色。
你讓別的
熊貓怎麼活！
這也太厲害了！

這兩句出自王勃的〈滕王閣序〉，是寫景的千古名句。這篇駢文鋪敘了滕王閣一帶的形勢景色和宴會盛況，抒發了作者雖然懷才不遇，但胸中仍有豪情的可貴精神。

〈滕王閣序〉被評為本次文會的最佳作品。
王勃獲得滿堂熊貓的喝彩，因此聞名天下！

老當益壯，寧移白首之心？窮且益堅，不墜青雲之志！
寫得太好了！
啪啪
啪啪啪

這兩句出自〈滕王閣序〉。意思是，年紀雖老，志向更高，怎能在白髮蒼蒼時改變心態？境遇雖苦，節操更加堅定，絕不能拋棄凌雲壯志。

相傳，唐高宗讀完《滕王閣序》後，拍案叫絕，
要把王勃重新叫回來做官。

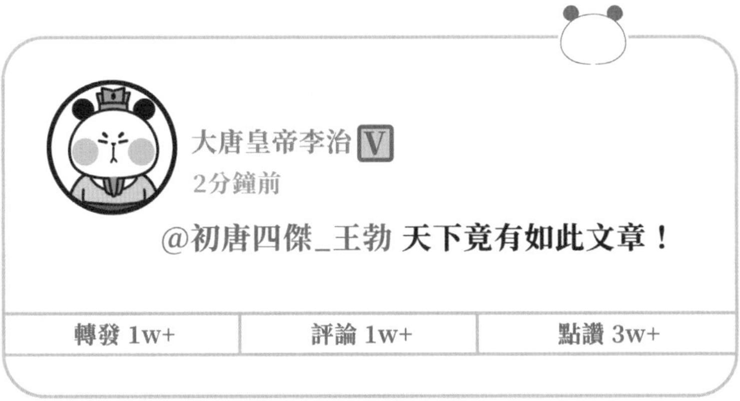
大唐皇帝李治 V
2分鐘前
@初唐四傑_王勃 天下竟有如此文章！
轉發 1w+
評論 1w+
點讚 3w+

可惜，此時王勃已經因海難去世。

王勃寫完〈滕王閣序〉後離開南昌，按原定路線坐船前往交趾探望父親，途中因海上風浪太大，不幸溺水，受驚過度去世。

王勃為唐詩注入了慷慨激越的豪情，
擴展了唐詩的題材。

再多來點，
再多來點！
詩
豪情

同為四傑之一的楊炯，
對王勃排在自己前面很不滿意。

排在王勃後面，
我不服！
排在盧前輩前面，
我慚愧！
排行榜
1. 王勃
2. 楊炯
3. 盧照鄰
4. 駱賓王
楊炯

愧在盧前，恥居王後。
——楊炯

但在看完王勃的書稿後，
他甘拜下風了……

真好啊，寫得真好……
《王勃集》

壯而不虛，剛而能潤，雕而不碎，按而彌堅。
——楊炯〈王勃集序〉

解讀

王勃的詩文有內涵，有風骨，風格雄健，又很有文采。

楊炯也是個神童，十歲就通過考試進了大名鼎鼎的弘文館。
但這一待，就是十六年。

弘文館是唐朝官署，隸屬門下省，是在京高官子弟進學的教育機構。

我一定好好學習，
報效國家！
進化
失敗
我怎麼還是個學生……

年近三十，楊炯才當上個小官。那時正逢吐蕃、
突厥騷擾唐朝邊境，他卻幫不上忙，內心萬分感慨。

烽火照西京，心中自不平。牙璋辭鳳闕，鐵騎繞龍城。雪暗凋旗畫，風多雜鼓聲。寧為百夫長，勝作一書生。

——楊炯〈從軍行〉

寧為百夫長，
勝作一書生！

解讀

這首詩借用樂府舊題，描寫了一個詩人從軍報國、參加戰鬥的過程。筆力雄勁，對仗工整，充滿了豪情壯志。

沒過多久，楊炯就在朋友的推薦下進了東宮，
眼看就要飛黃騰達，卻被造反的親戚連累，前途盡毀。

楊炯的堂弟楊神讓跟隨徐敬業在揚州起兵，討伐武則天。

聽說你堂弟造反了？
這，這……

東宮即太子府，當時的太子是李顯。楊炯被擢為太子詹事司直，掌太子東宮庶務，還擔任聲望極高的弘文館學士。

他只能借詩言志，用詩句傾灑熱血。
他開拓了剛健詩風，引發無數熱血熊貓的共鳴！

塞北途遼遠，城南戰苦辛。幡旗如鳥翼，甲冑似魚鱗。凍水寒傷馬，悲風愁殺人。寸心明白日，千里暗黃塵。

——楊炯〈戰城南〉

我們的夢想是天下大治！
寸心明白日，
千里暗黃塵。
天下大治

解讀

這首詩是楊炯的代表作，以征戰者的口吻講述了遠征邊塞的軍旅生活。全詩豪情滿懷，充滿了對勝利的信心，格調雄渾激越，洋溢著濃烈的愛國之情。

排在楊炯後面，讓他覺得羞愧的便是盧照鄰。

詩句出自盧照鄰的〈長安古意〉。這首詩是初唐七言歌行的代表作之一，托古意而寫今情，是描繪當時長安社會生活的廣闊畫卷，同時揭示了世事無常、榮華難久的生活哲理。

得成比目何辭死，
願作鴛鴦不羨仙。

盧照鄰曾因為寫詩觸怒了權貴，
被投入監獄。

盧照鄰在〈長安古意〉中寫道：「意氣由來排灌夫，專權判不容蕭相。」他借灌夫和蕭何的典故來諷刺當時文臣武將互相傾軋的亂象，因而下獄。

我只是寫首詩而已，
連詩都不讓寫了嗎？
怎麼感覺在罵我。

盧照鄰在蜀地宦遊期間，碰到了駱賓王。
兩人一拍即合，結伴上路。

除了友情，盧照鄰在蜀地還收穫了一段愛情。

但盧照鄰離開蜀地回洛陽後，再沒回來。
郭氏急得找駱賓王訴苦，駱賓王聽了，氣得直罵。

情知唾井終無理，情知覆水也難收。不復下山能借問，更向盧家字莫愁。
——駱賓王〈豔情代郭氏贈盧照鄰〉

老盧走了這麼久，一句話都沒有，是不是不要我了？
這個臭熊貓！

解讀
駱賓王用郭氏的口吻，痛斥盧照鄰負心薄倖。

但他們不知道，盧照鄰此時身患重病，
已經半身不遂，形容枯槁，連藥王孫思邈都救不了他。

孫思邈，唐代醫學家、道士，被後人尊稱為「藥王」，著有《千金要方》。

你們罵吧，我的痛苦我一個人承受。

最終，盧照鄰不堪病痛折磨，投水自盡。

駱賓王則是個傳奇熊貓，他七歲就寫出了〈詠鵝〉，
這首詩至今仍是很多華夏熊貓接觸的第一首詩。

鵝，鵝，鵝，曲項向天歌。白毛浮綠水，紅掌撥清波。

——駱賓王〈詠鵝〉

駱賓王自小一身俠骨，愛打抱不平。

道王李元慶想提拔他，讓他誇誇自己的優點。

李元慶，唐高祖李淵第十六子，被冊封為道王。

駱賓王卻覺得這是弄虛作假，堅決不幹。

他看不慣武則天掌握朝政，多次上書諷刺，
結果被關進了監獄。

獄中的駱賓王以詩明志，
表達自己要和武則天對抗到底的決心。

詩句出自駱賓王的〈在獄詠蟬〉，這首詩歌詠了蟬的高潔品性，詩人以蟬自比，表達了自己品行正直卻身陷囹圄的悲傷。

出獄後，駱賓王果然繼續抗爭，
他加入徐敬業的陣營——造反了！

徐敬業（？—684），即李敬業，唐朝開國功臣李勣的孫子。李勣本姓徐，因功獲賜李姓。徐敬業起兵後被武則天剝奪李姓。

作為討武陣營的頭號寫手，駱賓王揮筆寫就戰書，
號召天下起兵討伐武則天，維護正統！

解讀

這篇檄文痛訴了武則天的罪狀，呼籲天下人都起來反抗她，文采斐然，煽動性極強。傳說武則天看到這篇檄文時，不禁感歎像駱賓王這樣的人才不能為自己所用，實為憾事。

雖然是罵我的，
但是寫得不錯。
代李敬業傳檄天下文

入門見嫉，蛾眉不肯讓人；掩袖工讒，狐媚偏能惑主。……一抔之土未乾，六尺之孤何托？……試看今日之域中，竟是誰家之天下！

——駱賓王〈代李敬業傳檄天下文〉

然而，這次起兵很快就失敗了，
駱賓王從此下落不明，結局成謎。

你們猜我去哪兒了？

初唐四傑命途坎坷，但他們將苦難化成剛健的詩篇，
扭轉了初唐詩壇浮豔的風氣，
為唐詩的定型打下了堅實的基礎！

送杜少府之任蜀州

城闕輔三秦，風煙望五津。
與君離別意，同是宦遊人。
海內存知己，天涯若比鄰。
無為在歧路，兒女共沾巾。

——王勃

解讀：都城長安由三秦之地拱衛，遙望蜀州，只見風煙迷茫。和你離別，心中懷著無限情意，因為我們都是遠離家鄉在外做官的人。四海之內有思念自己的知己，縱使遠在天涯也如同近鄰。所以無須在告別之際，像小兒女那樣悲傷落淚。

不要悲傷，
只要我們心意相通，
就彷彿沒有分別。
嗯！

初唐四傑的貢獻

唐朝建立之初，宮體詩仍在詩壇佔有統治地位。初唐四傑作為初唐詩壇過渡時期的代表詩人，扭轉了宮體詩綺麗浮華的習氣，使詩歌題材從亭臺樓閣、風花雪月的狹小領域擴展到江河山川、邊塞沙漠的遼闊空間。他們發展了七言歌行和五言律詩，賦予詩歌新的生命力，推動唐代詩歌向著健康的道路發展。

滕王閣

「滕王高閣臨江渚，佩玉鳴鸞罷歌舞。」滕王閣位於今天的江西省南昌市，是江南三大名樓之一，更因為王勃的詩文而名留千古。今天，我們就去滕王閣欣賞一番吧。

滕王閣臨水而建，它的高度在今天看來不算什麼，但在唐朝時，它可是相當宏偉的建築！它是唐太宗的弟弟滕王李元嬰在洪州當都督時修建的，非常壯美。滕王閣在不同天氣、不同季節的景色都各有特點，被王勃形容為「畫棟朝飛南浦雲，珠簾暮捲西山雨。」

在古代，滕王閣還是儲藏書籍的地方，也是士大夫們迎來送往、接待賓客，舉行文化活動的地方。因此，滕王閣不僅呈現出古典建築之美，還承載著重要的文化意義。在漫長的歲月中，儘管它曾多次毀於大火，都被人們重新修建起來。

文豪塗鴉牆

王勃
我們不打不相識。

14 分鐘前

♡ 楊炯，杜少府，凌季友，王福畤，閻都督，沛王李賢

楊炯：我服了。

杜少府：可以可以，不愧是你。

凌季友：天才，啥時候我們去喝一杯？

王福畤：好好跟人家交朋友，不要耍脾氣。

王勃回覆楊炯：哈哈哈！

王勃回覆杜少府：你過得還好吧？

王勃回覆凌季友：什麼時候都行。

王勃回覆王福畤：好的，老爸。

駱賓王

討伐武周，奪回李氏江山！

10 分鐘前

♡ 盧照鄰，徐敬業

盧照鄰：好兄弟，我支持你，但是過剛則易折，你自己把握分寸吧。

徐敬業：賓王啊，說到我的心坎上了，我就需要你這樣的人才！

武則天：你很有才華，但腦子有點兒不清楚，分不清跟哪個上司有前途，可憐可歎。

駱賓王回覆盧照鄰：你的心意我收到了，但分寸這種東西，我不需要。

駱賓王回覆徐敬業：讓我們一起搞事業呀搞事業。

駱賓王回覆武則天：跟氣節比起來，前途不重要！

武則天回覆駱賓王：所以說，你目光短淺。

徐敬業回覆駱賓王：妖后出現了，讓她等著我們的大軍吧！

武則天回覆徐敬業：可笑，你爺爺怎麼會有你這樣不成器的孫子？

我是初唐詩文革新的旗手！

陳子昂

（659—700）

唐代詩人。本想做個自由自在的任俠熊貓，卻為理想一改往昔作風，考功名，做好官，是個值得尊敬的追夢熊！

唐詩

繼初唐四傑之後，又一位著名詩熊誕生了。
他出身蜀地的富庶豪族，自幼天資聰慧。

成天就在大街小巷遊逛，是個十足的紈褲子弟。
他，就是陳子昂！

少年陳子昂有一個夢想，
那就是成為一名仗義的大俠。

看到有弱小的熊貓被欺負，他立刻挺身而出。

看到路邊有熊貓乞討，他馬上慷慨解囊。

但後來他發現，當大俠只能幫助少數熊貓。
他開始思考，怎樣才能幫到更多的熊貓呢？

一天，他從學堂邊經過，
聽見裡面傳來學子們的琅琅讀書聲。

我該怎麼辦才好呢？
少壯不努力，老大徒傷悲。
學堂

百川東到海，何時復西歸？少壯不努力，老大徒傷悲。
——〈樂府詩集·長歌行〉

解讀
百川奔騰著向東匯入大海，何時才能重歸於西？年輕力壯的時候不奮發圖強，到了老年，悲傷也沒用了。

他瞬間靈光一閃，
決定讀書考取功名，做個好官來造福百姓！

對了，我可以去做官啊！
他剛才說什麼？我是不是聽錯了？
你沒聽錯，他要走上正路了。

於是，他拿起書本，埋頭苦學。

解讀

幾年之內，儒家經典、歷代史書、百家之學等各種書籍，全都被陳子昂看完了。他寫的文章有司馬相如和揚雄的風骨。

背完這篇課文，
獎勵自己十根竹子。

數年之間，經史百家，罔不該覽，尤善屬文，雅有相如、子雲之風骨。

——盧藏用《陳子昂別傳》

幾年後，他告別親友，北上長安考進士。

解讀

在餞別的廳堂裡感受到家人和朋友的不捨，因為分別後我就要跋山涉水去求學，路途十分遙遠。這場宴席一直持續到明月隱蔽在高樹之後，銀河消失在拂曉之時。

你們就等著我考中吧！
出門在外要照顧好自己！
路上餓了就吃點兒我給你拿的小零食，有你最愛的口味！

離堂思琴瑟，別路繞山川。明月隱高樹，長河沒曉天。

——陳子昂〈春夜別友人二首・其一〉

經歷了兩次落榜後，
陳子昂終於在二十五歲時考中了進士。

做熊如果沒有理想，
跟鹹魚有什麼區別！
成績單
喂，別高興得太早，
你現在還沒有做官資格呢。

在唐朝，中進士只是取得了做官的資格，不能直接授官，還得再通過吏部的選官考試。

可還沒等這股喜悅勁兒過去，
他就聽說武則天要把唐高宗葬在長安。

美好的明天在
向我招手……
不好啦！朝廷要
花重金西遷先帝
的靈柩了！

唐高宗李治駕崩前曾留下遺言，自己死後要葬在長安（今西安）。於是武則天決定將他的靈柩遷回長安安葬。

這一年，國家正逢天災，經濟蕭條，
若是把靈柩從洛陽移往長安，必定勞民傷財。

陳子昂覺得不應該這麼做，
於是冒死上書武則天，想要阻止她。

況我巍巍大聖，轢帝登皇，日月所照，莫不率俾，何獨秦、豐之地，可置山陵，河、洛之都，不堪園寢？陛下豈不察之？愚臣竊為陛下惜也。

——陳子昂〈諫靈駕入京書〉

武則天很生氣，
但陳子昂的才華又令她很欣賞。

治罪，必須
要治他的罪！
其實他說得也
有點兒道理……

最終，陳子昂的才華戰勝了武則天的火氣。
雖然他的意見沒有被採納，卻獲得了一個官職。

明天你就去
吏部報到吧。
真的嗎？

麟臺正字，武則天時期負責整理國家所藏圖書的官職名。

陳子昂欣喜若狂，
離家多年，終於當上了官！

沒過多久，他因為工作出色，升職當上了右拾遺。

拾遺是唐朝諫官的一種，分左、右拾遺，主要負責規勸皇帝的過失，給皇帝提意見。

他一直想著造福百姓，
現在有了大展拳腳的機會，他立刻提出了很多利民建議。

微熊熱搜
不 陳子昂建議興辦學校 熱
1 陳子昂分析當下政策的優劣 熱
2 陳子昂就邊境防禦提出八大建議 沸
3 陳子昂新建議被收購法律 熱
4 …………

他還寫了一篇〈修竹篇序〉，提出革新詩歌的理論，
大膽批評當時盛行的辭藻華麗但內容空洞的齊梁體詩歌。

陳子昂
2天前
一直很尊重宮體詩，但它需要革新。
文章
發布長文《修築篇序》
粉絲甲: 我的天哪，想法真是絕了！
粉絲乙: 說得太好了，我要轉發！
粉絲丙: 不愧是我偶像，觀點太超前了！
66 萬
88 萬
100 萬

〈修竹篇序〉是陳子昂寫的一篇散文，也是他詩歌理論的集中體現。他提倡擺脫齊梁詩風的影響，重視詩歌的風骨。

他提倡大家寫反映社會現實的詩歌，抒發自己的真實情感。
這個理論一提出，就得到了很多熊貓的支援。

詩句出自南朝詩人蕭綱的〈詠內人晝眠〉，這是一首非常典型的宮體詩。

一時間陳子昂聲名鵲起，大家都爭相傳抄他的詩文，
隨處都可以聽到有熊吟誦他的詩。

遙遙去巫峽，望望下章臺。巴國山川盡，荊門煙霧開。城分蒼野外，樹斷白雲隈。今日狂歌客，誰知入楚來。
——陳子昂〈度荊門望楚〉

解讀
這是一篇旅遊敘事詩，全詩沒有使用任何華麗空洞的詞句，都是詩人的所見所感，是一首典型的現實主義詩歌，與宮體詩形成鮮明的對比。

陳子昂的前途可謂是一片大好，可還沒等他走上巔峰，
熊生就迅速跌入了低谷。

陳子昂發現武則天濫用酷吏，
還勞民傷財，大修寺廟！

陳子昂看不過去，
再次上書狠狠地把武則天批了一頓。

壓迫百姓去做苦力
修寺廟，你不配做皇帝！
大膽，我豈是
你能批評的！

解讀
這些宏大精巧的建築，連鬼神也難以建成，可是人卻把它建成了，這肯定耗費了巨大的人力。陛下如果再這樣下去，不僅勞民傷財，還會讓國家陷入混亂。

鬼工尚未可，人力安能存？誇愚適增累，矜智道逾昏。
——陳子昂〈感遇詩三十八首·其十九〉

武則天非常生氣，立刻將他貶官，
此後也不再聽取他的任何意見。

拿來吧你！
我的竹子！
官員
官員

陳子昂原本前景光明的仕途，瞬間變得一片漆黑。
沒法再為百姓做事，他難過極了。

貴人難得意，賞愛在須臾。莫以心如玉，探他明月珠。
——陳子昂〈感遇詩三十八首·其十五〉

解讀
很難討得君王歡心，恩賞寵愛也只在片刻工夫。不要用高潔如玉的德操，去求取他們珍貴的夜明珠。

可是他內心的苦悶又無人可訴，
只好對著山間的花草樹木歎氣。

遲遲白日晚，嫋嫋秋風生。歲華盡搖落，芳意竟何成。
——陳子昂〈感遇詩三十八首·其二〉

解讀
陳子昂借草木零落、美人遲暮的意境，含蓄地表達自己的美好理想無法實現的苦悶。

陳子昂雖受打擊，但仍想為理想再奮鬥一次。
眼見「文路」走不通，他果斷轉型踏上「武路」。

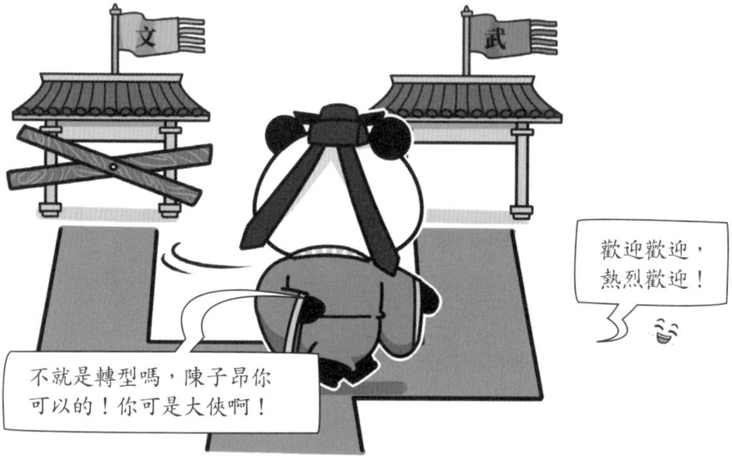
文
武
歡迎歡迎，
熱烈歡迎！
不就是轉型嗎，陳子昂你
可以的！你可是大俠啊！

朝廷要派兵攻打契丹，他抓住機會隨軍出征。

武則天在位時，契丹叛亂，武則天派建安王武攸宜率軍征討契丹，陳子昂在武攸宜幕府擔任參謀，隨同出征。

聽到竹字我就餓了，
想吃。
拿起我心愛的
竹劍……
吃吃吃，你是個
飯桶轉世嗎！

陳子昂把狂喜的心情寫進詩裡，
曾經準備仗劍天涯的他，如今就要馳騁沙場了！

本為貴公子，平生實愛才。
感時思報國，拔劍起蒿萊。
西馳丁零塞，北上單于臺。
登山見千里，懷古心悠哉。
誰言未亡禍，磨滅成塵埃。

這下知道錯了吧！
救命啊！他太厲害了！

這首詩是《感遇詩三十八首》中的第三十五首，記敘了陳子昂從軍的經歷，表達了詩人希望保家衛國的激情壯志。

陳子昂滿腔熱血請求出戰，
卻沒有獲得主帥武攸宜的批准。

我願帶兵破敵，請主帥批准！
你就是個書呆熊貓，一邊待著去。
武攸宜

武攸宜是個大草包，在他的胡亂指揮下，
數萬士兵埋骨黃沙！

武安君何在，長平事已空。且歌玄雲曲，銜酒舞薰風。勿使青衿子，嗟爾白頭翁。
——陳子昂〈登澤州城北樓宴〉

我死得好冤！
這這這……
這不可能！

解讀
陳子昂覺得這場敗仗和春秋時期趙國落敗秦國的情形一模一樣，在詩中表達了自己對主帥無能的無奈。

陳子昂氣憤極了，把武攸宜劈頭蓋臉一頓臭罵，
結果被氣急敗壞的武攸宜降了職，還不許他發言。

武攸宜大怒之下把陳子昂降職為軍曹（只比普通士兵高一點兒的官），並剝奪了他出謀劃策的權力。

你沒有金剛鑽就別攬
瓷器活兒！趕緊讓我上戰場！
你一個書呆熊貓竟敢對我
指手畫腳，活膩了嗎！

陳子昂的憤怒無處宣洩，只好付諸文字。
可無論他怎麼掙扎，也無法再擁有實現理想的機會了。

陳子昂
剛剛
但見沙場死，
誰憐塞上孤。
陳子昂
1分鐘前
塞垣無名將，亭候空崔嵬。
咄嗟吾何嘆？邊人涂草萊。

這兩首詩都出自陳子昂的《感遇詩三十八首》。

這天，落寞的他登上幽州臺，
看著眼前廣闊的景象不發一言，最後深深地歎了一口氣。

什麼時候才有像燕昭王
一樣的明君出現呢？

前不見古人，後不見來者。念天地之悠悠，獨愴然而涕下！
——陳子昂〈登幽州臺歌〉

雖然他沒能實現理想，但他留下的詩，
影響了諸多後世詩熊，讓他們叩開了新詩風的大門。

讓我看看這門後面
有什麼好東西！
新詩風

唐詩題材被拓寬，詩熊們不再局限於描寫宮廷生活，
也開始寫生活中隨處可見的景物。

詩句出自張九齡的〈感遇十二首·其一〉。張九齡（673—740）是唐朝開元年間的名相。他的代表作《感遇十二首》就是受陳子昂的《感遇三十八首》的影響而作。

蘭葉春葳蕤，桂華秋皎潔。
欣欣此生意，自爾為佳節。
多喝水，你們
才能越長越好。
張九齡

詩風綺靡的宮體詩開始從主流的位置退下，
詩歌的感情基調也變得清新起來。

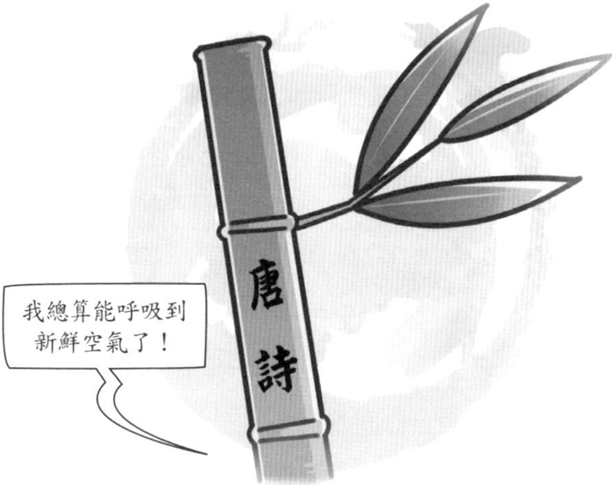
我總算能呼吸到
新鮮空氣了！
唐詩

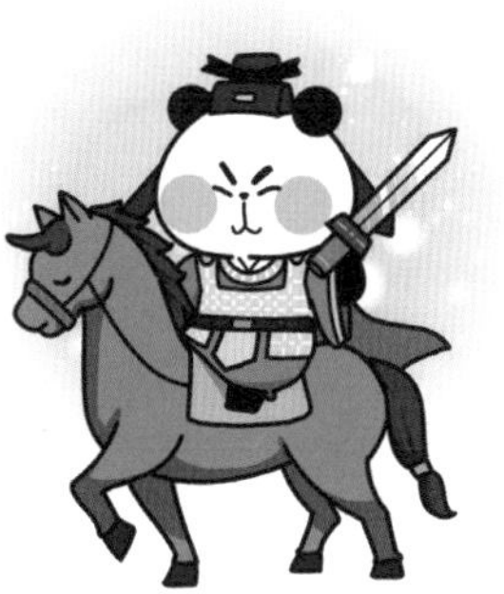

陳子昂筆下的詩大多剛健有力，寓意深遠，今天我們來一起讀讀他最具代表性的詩吧！

登幽州臺歌

前不見古人，後不見來者。
念天地之悠悠，獨愴然而涕下！

解讀：幽州臺是戰國時期燕國的國君燕昭王為招攬有才華的人而建造的。陳子昂看到幽州臺的遺跡便想起這個典故，感慨自己生不逢時，沒有遇到賢明的君王，壯志未酬。

詩骨

陳子昂作為諫官，對於皇帝犯的錯向來直言不諱，面對權貴也不卑不亢，是個鐵骨錚錚的漢子。他一直主張文學作品要有風骨，詩歌應有高尚充沛的思想感情和剛健充實的現實內容，要直抒胸臆，不無病呻吟。於是，後人結合他的人品和文學主張，給他取了個「詩骨」的名號。

「詩骨」就是
直言敢諫的我喲。
熊貓百科
詩仙、詩聖、詩鬼、詩骨、詩魔
分別是誰？
搜索

幽州臺

戰國時期，幽州臺建好後，燕昭王便命人在上面擺滿了黃金，想把天下的賢士都吸引到燕國，協助他治理國家。這個辦法果然有效，燕國很快變得人才濟濟，從弱國逆襲成了強國。從此，幽州臺就有了「黃金臺」這個別稱。後來，一些詩人覺得自己的才華沒有人欣賞，希望能遇到像燕昭王一樣賢明的君主時，也會借用黃金臺的典故。比如陳子昂的「隗(ㄨㄟˇ)君亦何幸，遂起黃金臺」，李白的「燕昭延郭隗，遂築黃金臺」。

主公可真是求賢若渴呀。
快走快走，還有一大堆金子要搬呢！

文豪塗鴉牆

陳子昂

看完〈修竹篇序〉的朋友們多多評論轉發點讚呀，有你們的支持才能讓更多人看到！

14 分鐘前

♡ 盧藏用，李白，杜甫，韓愈，白居易，元好問

盧藏用：是兄弟你扭轉了作詩的風氣，鼓勵大家寫出真正的好作品，我以你為榮！

李白回覆盧藏用：握手，英雄所見略同！

杜甫：前輩的作品太棒了，你是我前進的動力！

韓愈：我們大唐的詩歌能如此興盛，前輩功不可沒！

陳子昂回覆韓愈：不敢當不敢當，請不要捧殺我。

白居易：能和前輩比肩的人，我覺得就只有杜甫前輩了。

杜甫回覆白居易：使不得使不得，兄弟你太抬舉我了。

元好問：前輩值得擁有一座雕像放在熊貓文豪博物館！

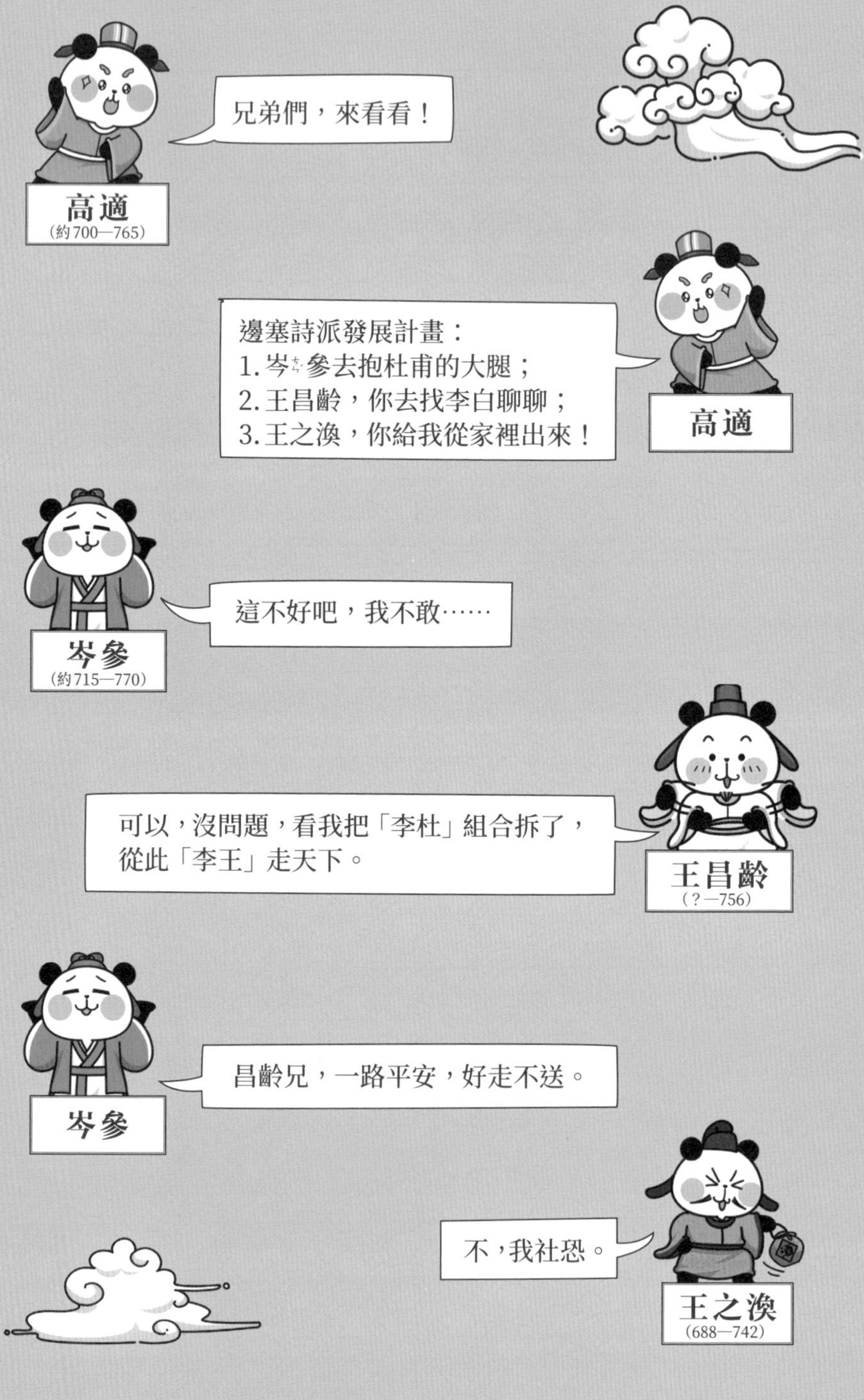

兄弟們，來看看！
高適
(約700—765)
邊塞詩派發展計畫：
1. 岑參去抱杜甫的大腿；
2. 王昌齡，你去找李白聊聊；
3. 王之渙，你給我從家裡出來！
高適
這不好吧，我不敢……
岑參
(約715—770)
可以，沒問題，看我把「李杜」組合拆了，
從此「李王」走天下。
王昌齡
(？—756)
昌齡兄，一路平安，好走不送。
岑參
不，我社恐。
王之渙
(688—742)

邊塞詩人

他們是一群任俠仗義的天才詩人，胸中有文化，心裡有國家，才華個個誇，偏偏愛騎馬。他們投筆從戎，遠赴邊疆，把邊塞風光和軍旅生活寫進詩中，形成了獨有的詩歌風格——雄渾、豪放、浪漫、悲壯，促成了「邊塞詩派」的誕生。邊塞詩派的代表人物有高適、岑參、王昌齡、王之渙、王翰等，他們用熱血的人生、傲人的才華呼喊出屬於盛唐的聲音。

盛唐時期，有一群詩熊，他們秉承時代使命，
有遠大的理想和抱負，懷揣建功立業的激情和夢想。

他們被後世稱為邊塞詩派，
代表詩熊有高適、岑參、王昌齡、王之渙等。

高適很小的時候，父母就去世了。
儘管他生在唐朝國力強盛的年代，還是窮到以乞討為生。

解讀

高適小時候家裡很窮，後來他在梁宋之地客居，以乞討為生。

少家貧，客於梁、宋，以求丐自給。
——《舊唐書》

成年後，高適開始種田養活自己。
據說，他邊種田邊讀書，非常努力。

貧窮沒有摧毀他的意志，
反而把他磨礪成志向遠大的青年。

當時，窮熊貓想出人頭地，有三條路：
考科舉，被舉薦，從軍。

高適沒認真上過學，更不認識什麼權貴，
便走上從軍這條路，帶著劍去了北方邊塞。

高適第一次見到邊塞風景和軍隊生活，
把它們全都寫進自己的詩中。

黯黯長城外，日沒更煙塵。胡騎雖憑陵，漢兵不顧身。古樹滿空塞，黃雲愁殺人。
——高適〈薊門行五首．其五〉

解讀

這首詩記述了邊塞的戰事。詩人以一個旁觀者的身份，沉痛地描寫了一場激烈的戰鬥，表達了他對慘烈戰爭的同情，讚揚了士兵的勇敢。

他還興致勃勃地去拜訪王之渙，
卻剛好遇上這個大宅熊出門了。

高適沒能拜訪王之渙，於是寫了一首〈薊門不遇王之渙、郭密之，因以留贈〉，詩中寫道：「行矣勿重陳，懷君但愁絕。」表達了沒見到王之渙的遺憾。

王宅
王大詩熊在家嗎？
他平時都宅在家，
今天恰巧出去了。

在邊塞跑了一圈，高適沒找到機會。
從軍的路不好走，他就去長安考科舉，結果……沒考上。

這也不行那也不行，
以後怎麼辦？
小夥子，你可不能搶
老頭子的飯碗啊！
我喜歡這種討飯風格。

失魂落魄的高適遇到了另一個失魂落魄的熊貓——岑參。

岑參比高適小了十幾歲，同樣父母早亡，
從小過得十分窮苦，現在也沒找到工作。

岑參出身於一個落魄的士族，祖上曾經出過三個宰相，但到了岑參這一代時已經家道中落。

身世和境遇相似的兩個熊貓，
立即產生了同是天涯淪落熊之感。

怨積徒有志，力微竟不成。西山木石盡，巨壑（ㄏㄜˋ）何時平。
——岑參〈精衛〉

解讀 這首詩表達了詩人對前途的迷茫、苦悶、無力的心情。

他們約在小酒館，聊了很長時間。

之後，兩熊又得各奔前程，
但他們的友誼已經就此結下。

前路茫茫，高適不知道該往哪裡走，索性到處旅遊。

遊到河南，他遇到名滿天下的李白和初出茅廬的杜甫，
三熊一見如故，一起上路，同吃同住。

和李白、杜甫告別後，
「交友運」高漲的高適又結識了王昌齡。

王昌齡年輕的時候很叛逆，
別的熊貓考科舉，他要當道士。

道士當膩了，他又跑到邊塞玩了一圈，順手寫了些邊塞詩，
結果一炮打響，成了大名鼎鼎的邊塞詩熊。

詩句出自王昌齡的〈從軍行七首・其四〉。

到了三十來歲，他才想起要求功名，
於是去考科舉，結果一舉中第。

本來大好的前途就在眼前，
但王昌齡說話太直，得罪了一票權貴，仕途並不順利。

相傳在開元年間，王昌齡偶然遇到了高適。
兩熊早就聽過對方的大名，此時相見，分外激動，
肩並肩進了一家酒樓。

驚喜的事情還沒完，在酒樓裡，
高適碰到自己曾去拜訪卻沒見到的王之渙，
三位邊塞詩熊高高興興坐到一起談天說地。

這時，有一群歌女進了酒樓，她們彈唱時下最流行的曲子。
三個詩熊頓時起了勝負欲，要比誰的詩更受歡迎。

當時，歌女們會彈唱詩人寫的詩，誰的詩被傳唱得多，就說明誰的作品受歡迎。

這四個女子唱誰的詩最多，就算誰贏！
比就比，誰怕誰！
來！
酒

第一位歌女開口，唱的是王昌齡的〈芙蓉樓送辛漸〉。

〈芙蓉樓送辛漸〉是一首送別詩，既寫出了詩人和朋友分別的離別愁緒，也表達了詩人清廉正直、光明磊落的品格。

寒雨連江夜入吳，平明送客楚山孤。
洛陽親友如相問，一片冰心在玉壺。
我的！
看你高興的。

第二個歌女要唱了，高適和王之渙都期待地看著她，
結果她唱了高適的詩。

不是咋辦？
這是我的。
下一首一定是我的！
開篋淚沾臆，見君前日書。
夜臺今寂寞，猶是子雲居。

詩句出自高適的〈哭單父梁九少府〉，表達了詩人對去世好友的深切懷念。

輪到第三位歌女，唱的又是王昌齡的詩。

奉帚平明金殿開，且將團扇共徘徊。
玉顏不及寒鴉色，猶帶昭陽日影來。
嘿嘿嘿，又是我的！
唉。
偶像，別灰心。

詩句出自王昌齡的〈長信秋詞五首．其三〉，用細膩的語言描寫了失寵宮妃的生活狀態，表達了詩人對她們的同情。

王之渙淚奔了，三首詩都唱完了，
卻沒有一首是自己的！

輪到最漂亮的歌女上場，她終於唱了王之渙的詩，
三位詩熊頓時開懷大笑！

詩句出自王之渙的〈涼州詞二首·其一〉，描繪了邊塞壯闊、荒涼的景象，格調悲涼慷慨，是唐代邊塞詩的代表作。

他們的笑聲引起歌女們的好奇，她們這才知道碰到了作者。
於是，大家共坐一桌，彈琴唱曲，把酒言歡，好不快樂！

姐妹們，咱們今天只唱三位詩熊的詩。
洗耳恭聽。
好呀！

這個故事被後人演繹成「旗亭畫壁」的佳話，被記載在薛用弱的《集異記》中。

快樂的時光總是很短暫，
高適再次和朋友們告別，踏上前路。

酒
天下沒有不散的筵席，
但朋友總會再相聚。

高適回到家鄉時，聽說了一件把他氣得七竅生煙的事：
幽州節度使張守珪ㄍㄨㄟ打了敗仗，卻謊稱勝利！

詩句出自高適的〈燕歌行〉，這首詩揭露了主將驕逸輕敵，不恤士卒，致使戰事失利。

我們輸了，唉……
打了敗仗，還有臉討賞，我必須寫首長詩罵罵！
戰士軍前半死生，美人帳下猶歌舞。

他和晚年失業的好友董庭蘭短暫相聚，
臨別時送給好友一首詩，勉勵好友，也勉勵自己。

詩句出自高適的〈別董大〉，董大指的是琴師董庭蘭。這首詩表達了高適對友人遠行的依依惜別之情和豪邁豁達的胸襟。

嗯！
你這麼有名，不怕找不到工作。
董庭蘭
莫愁前路無知己，天下誰人不識君？

熊到中年，高適終於得到了機會！

宰相張九齡的弟弟張九皋非常欣賞高適，
推薦他參加有道科考試，他考上了！

幾年後，高適、岑參、杜甫都在長安，
三個好朋友一起寫詩遊玩，快樂賽神仙。

他們彼此分享這些年的經歷，岑參講了他在邊塞的生活，
以及那些壯麗的邊塞奇景。

此時的高適在哥舒翰的幕府擔任幕僚，
不久，安史之亂爆發，他的熊生自此走向輝煌，一路高升。

他走得好快！

哥舒翰（？—757），突騎施哥舒部人。唐朝名將，安西副都護哥舒道元之子，當時為隴右節度使。

短短一年內，
他就從小官升為執掌一方軍政大權的節度使。

淮南節度使
諫議大夫
監察御史
左拾遺

永王李璘叛亂，高適被派去征討，
而昔日好友李白卻在李璘陣營。
忠義不能兩全，高適打敗李璘，李白也成了他的階下囚。

與此同時，被高適視為家鄉的睢(ㄙㄨㄟ)陽也陷入戰火，
他平定永王叛亂後趕去支援時，家鄉已經被戰火燒毀。

此時又傳來一個壞消息，
他的好朋友王昌齡不幸遇害……

王昌齡經過亳州時，被亳州刺史閭丘曉殺害。閭丘曉為什麼要殺王昌齡，由於史料不足，至今仍是個未解之謎。

功成名就的同時，朋友們也四散凋零，
邊塞詩熊只剩下高適和岑參。

他們再飲一杯酒，追憶當年好友相聚的情景，
吞下熊生的酸甜苦樂……

邊塞詩熊各自個性鮮明，他們以蓬勃的精神、悲壯的豪情，
書寫了令後世熊貓嚮往的盛唐輝煌！

四位邊塞詩人有許多作品，這裡選取了正文中沒有提到過的兩首詩。

登鸛雀樓

白日依山盡，黃河入海流。
欲窮千里目，更上一層樓。

——王之渙

解讀：詩人只用了短短二十個字，就描繪出了山河的磅礴氣勢和壯麗景象。後兩句表達了詩人積極進取的人生態度，常常被引用。

逢入京使

故園東望路漫漫，雙袖龍鍾淚不乾。
馬上相逢無紙筆，憑君傳語報平安。

——岑參

解讀：這首詩是岑參的名篇之一，描寫了詩人遠在邊塞，託回京使者給家人帶平安口信的場面。語言樸實自然，充滿了邊塞生活氣息，將對故鄉家人的思念和渴望建功立業的雄心相交融，不加雕琢，卻感人至深。

請您幫忙帶個口信，
就說我一切都好。

邊塞詩是怎麼產生的？

邊塞詩初步發展於漢魏六朝時期，隋代開始興盛，在唐代達到巔峰。邊塞詩的形成，源於中原政權邊境地區戰爭頻發，因此湧現出大量創作邊塞風光和軍旅生活的詩人，這類題材的詩歌就被稱為邊塞詩。盛唐時期國力強盛，邊塞詩也隨之進入發展的黃金期，總體而言，唐代邊塞詩以樂觀高昂的基調和雄渾壯美的意境，展現了盛唐的社會風貌。

另一位邊塞詩人

除了正文中提到的四位邊塞詩人，還有一位邊塞詩人值得一提，他就是王翰。

王翰是個富二代，才華橫溢，二十出頭就中了進士，但他性格豪放不羈，中了進士後還是每日飲酒作樂。由於王翰才名遠揚，他家鄉的兩任地方官都很欣賞他，舉薦他做官。這讓王翰遭到他人嫉妒，加上他言語傲慢，後來一再被貶官。王翰流傳下來的詩有十四首，其中最著名的就是〈涼州詞二首〉。

文豪塗鴉牆

高適

齊聚玉門關，打卡！

14 分鐘前

♡杜甫，李白，董庭蘭，岑參，王昌齡，王之渙，顏真卿，張九皋，哥舒翰

杜甫：你們就是玉門關最豪邁的風景！

顏真卿：別急著回，先來我家，我給你備好酒。

高適回覆杜甫：你這話，深得我心。

高適回覆顏真卿：恭敬不如從命。

高適回覆李白：你不是不理我嗎？按什麼讚？

李白回覆高適：手是我的，我愛按讚，你管得著嗎？況且我是為昌齡兄點的。

高適回覆李白：好好好，你說得都對。

王昌齡：這……

岑參：看戲。

王維

（約 701—761）

唐代詩人、畫家，被稱為「詩佛」。他出身好，顏值高，寫詩作畫樣樣精通，是朋友圈裡的社交明星。

孟浩然

（689—740）

字浩然，本名不詳，以字行，世稱孟襄陽，是詩仙李白特別推崇的偶像。他一生不是在隱居就是在遊歷，到處求官卻終生未能踏入官場。

盛唐時期，〈熊貓的美好生活〉正式開播，
由兩位山水田園派詩熊——王維、孟浩然領銜主演。

主演之一的王維，是個出身名門的貴公子，
他的母親崔氏信佛，王維的字「摩詰」就源自佛經。

在當時，王氏和崔氏都是自漢朝以來就擁有很高社會地位的世家大族。

摩詰的意思是潔淨、沒有污垢。

王維從小就聰慧過人，
他精通書畫，還非常有音樂天賦。

長大
想做什麼呀？
我要報效國家，
還要好好孝敬您！

維，字摩詰，太原人。九歲知屬辭，工草隸，閑音律。——《唐才子傳·王維傳》

十五歲時，王維就背著一張琴，
意氣風發地從家鄉來到都城長安闖蕩。

勇敢王維，不怕困難，衝啊！
現在的年輕熊貓真有活力！
這小夥子長得真俊！
王維

新豐美酒斗十千，咸陽遊俠多少年。相逢意氣為君飲，繫馬高樓垂柳邊。
——王維〈少年行四首·其一〉

解讀

新豐美酒價值萬貫，長安的遊俠大多是少年。相逢時意氣相投與君痛飲，駿馬就拴在酒樓旁的垂柳邊。

兩年後的重陽節，王維想家了。
他寫了首〈九月九日憶山東兄弟〉，
正是這首詩讓他在詩壇嶄露頭角。

詩中的「山東」指的是崤山以東的地區，而不是今天的山東省。王維的家鄉蒲州（治今山西永濟西南）就位於崤山以東。

兩年沒回家，想兄弟們了。
長安
獨在異鄉為異客，每逢佳節倍思親。
遙知兄弟登高處，遍插茱萸少一人。
——王維《九月九日憶山東兄弟》
唉，就差你了。
山東

有了點兒小名氣後，王維就發揮出超強的社交能力，
成功地打入了長安的權貴圈。

名盛於開元、天寶間，豪英貴人虛左以迎。
——《新唐書·王維傳》

哈哈哈
他怎麼這麼擅長社交？
有才華就是混得開。

解讀
王維在開元、天寶年間名氣很大，當時的達官貴人都希望跟他結交。

之後，王維得到岐王李範的引薦，
去玉真公主府裡演奏琵琶。王維的演奏令公主大為驚歎。

玉真公主，唐睿宗李旦第九個女兒，唐玄宗李隆基一母同胞的妹妹。

有了許多達官顯貴的推薦，王維二十一歲時就中了進士，
順利獲得第一份工作——太樂丞。

太樂丞是唐朝負責朝廷禮樂方面事宜的官職。

王維的仕途華麗開局，卻很快狠狠地摔了個大跟頭，
因下屬犯錯受牽連，他被貶到濟州，成了倉庫管理員。

王維因屬下伶人擅自舞黃獅子（當時黃獅子舞只有皇帝才能看），受到牽連。
這竹子只有皇族熊貓才能吃，你是怎麼回事？
我什麼都不知道啊……
我錯了……
濟州位於現在的山東省西南部。

王維在地方上做了幾年官，後又過上了隱居的生活。
不過最終，他還是決定回長安。

我要回長安重新開始！
濟州
光速逃離

經歷過大起大落，又受到家人的影響，
王維開始潛心研究佛學。

我心素已閑，清川澹如此。請留磐石上，
垂釣將已矣。

——王維〈青溪〉

佛了

解讀

我的心向來習慣閒靜，如同清澈的溪水般淡泊忘憂。讓我留在這磐石上吧，終日垂釣度過餘生。

他有事上朝，沒事就在家吃齋修行。

因愛果生病，從貪始覺貧。色聲非彼妄，
浮幻即吾真。

——王維〈與胡居士皆病寄此詩兼示學人二首·其一〉

沒關係
可以
沒關係
都行
都行，可以，沒關係
都行
可以
可以
沒關係
沒關係

解讀

在這首詩中，詩人從佛學思想的角度出發，感悟人生道理。

此時，來了一位灑脫自在的詩熊，
王維與他一見如故，對他隱居的經歷十分嚮往。

我有故事，你有酒嗎？
有有有，
我想聽你的故事！
酒

他叫孟浩然，以字行。
他的字取自《孟子》的「我善養吾浩然之氣」。

解讀

這首詩是孟浩然寫給京城友人的抒懷言志之作。孟浩然在詩中自稱是孟子的後代，世世代代注重儒學。沿襲先祖遺訓，詩禮傳家，他子承父教，也受到了薰陶。

《熊貓的美好生活》
主演：孟浩然
孟子
少年孟浩然
我要和我的老祖宗
孟子一樣，
養一身浩然正氣！

維先自鄒魯，家世重儒風。詩禮襲遺訓，
趨庭沾末躬。

——孟浩然〈書懷貽京邑同好〉

孟浩然和王維相似，也是個少年天才，
據說十七歲就成了縣試頭名。

唐朝的科舉制度中，考縣試只是第一場，通過後才能參加府試，之後是鄉試、會試和殿試。

然而，他推崇的宰相張柬之憤恨而死，
這讓他見識了當時官場的黑暗，
年輕的孟浩然因此放棄了繼續考試。

張柬之（625—706），唐代武則天時期宰相。曾發動「神龍革命」，逼武則天退位，後因得罪韋皇后和武三思被貶，流放途中氣憤而死。

他跑去鹿門山隱居，過上了嚮往的生活。

鹿門山
這裡才是我嚮往的地方。

解讀

這首詩描寫孟浩然乘船前往鹿門山時沿途所看到的風景，詩人遙想漢末名士龐德公在此隱居，表達了對隱士高人的欽慕之情。

清曉因興來，乘流越江峴。沙禽近方識，
浦樹遙莫辨。漸至鹿門山，山明翠微淺。
——孟浩然〈登鹿門山〉

然而，他終究逃不開家族的期盼與責任，
不得已告別隱居生活，重新走上求官之路。

兒啊，爹最大的心願，就是你能有一番作為啊。
爸爸，對不起，是我太任性了！

孟浩然憑藉詩才打響了名號，
就連詩仙李白都成了他的鐵杆粉絲。

吾愛孟夫子，風流天下聞。……高山安可仰，徒此揖清芬。——李白〈贈孟浩然〉

解讀 我敬重孟先生，他瀟灑倜儻的氣度聞名天下。……他高尚的品格像高山一樣難以仰視，我只能向他致敬了！

可他的運氣非常差，多次自薦卻屢屢碰壁。

欲濟無舟楫，端居恥聖明。坐觀垂釣者，徒有羨魚情。——孟浩然〈望洞庭湖贈張丞相〉

解讀 這首詩是孟浩然投贈給宰相張九齡的。詩人用臨淵羨魚的典故，委婉地表達了自己希望得到舉薦。

三十九歲這一年，孟浩然再次參加科舉，
卻遺憾落榜了。

猶憐不才子，白首未登科。
——孟浩然〈陪盧明府泛舟回作〉

解讀
可憐我這個沒有才華的人，滿頭白髮了還沒能中進士。

同樣在這一年，孟浩然與王維結識，
兩熊一見如故，結為忘年交。

王維感慨孟浩然的經歷，就帶孟浩然去參加長安的文化聚會，
孟浩然以一句「微雲淡河漢，疏雨滴梧桐」震驚四座。

解讀

有兩三抹微雲飄在銀河間，幾點雨滴在梧桐上。

相傳有一次他們在官署內喝酒聊天，唐玄宗突然到訪，
孟浩然礙於自己的平民身份，只能躲起來。

維私邀入內署，俄而玄宗至，浩然匿床下。
——《新唐書．孟浩然傳》

王維趁機向唐玄宗引薦孟浩然，
唐玄宗聽過孟浩然的詩名，便問他有沒有新詩。

他叫孟浩然，可有才了，
「微雲淡河漢，疏雨滴梧桐」
就是他寫的。
這句詩不錯，
你還有什麼詩作？

孟浩然卻不合時宜地念了首發牢騷的詩，
惹得唐玄宗很不高興。

北闕休上書，南山歸敝廬。不才明主棄，多病故人疏。——孟浩然〈歲暮歸南山〉

你自己不投履歷，
這能怪我嗎？
糟糕，
背錯詩了……
唉……
老兄你搞砸了！

解讀

我不再向朝廷上書陳述己見，回到終南山的破舊茅屋。我本無才，難怪聖明的君主棄我不用，如今我年邁多病，朋友也都生疏了。

孟浩然認為自己再也無緣官場了，
便決定離開長安，去追尋嚮往的生活。

王維捨不得孟浩然，但他又希望好朋友能過得開心，
於是全力支持他去過歸隱田園的生活。

杜門不復出，久與世情疏。以此為良策，勸君歸舊廬。——王維〈送孟六歸襄陽〉

解讀

閉門不出與世隔絕，久了就會與世情疏離，但這何嘗不是一個好方法呢，我會勸你回歸田園隱居。

孟浩然感動於王維的知己之情，寫詩相贈。

當路誰相假，知音世所稀。只應守寂寞，
還掩故園扉。

——孟浩然〈留別王侍御維〉

浩然兄，一路保重！
王維老弟，後會有期！

解讀
當權者沒人引薦我，知音在世間實在稀少。只應寂寞了此一生，關閉柴門與人世隔離。

王維戀戀不捨地送別了孟浩然，
期盼著有朝一日能與他同遊山川。

孟浩然
又一景點打卡成功！@王维
好想和浩然兄
一起旅遊打卡啊……

然而命運卻給了王維當頭一棒，
摯愛的妻子因難產離他而去。

對不起，我要先走一步了……
你走了，
我怎麼辦？

妻亡不再娶，三十年孤居一室，屏絕塵累。
——《舊唐書．王維傳》

解讀

王維的妻子去世後，他沒有再娶妻，三十年來獨居一室，不再掛念塵世。

王維痛失所愛，內心變得越來越淡泊，
他經常請假去旅遊，治療心靈的創傷。

風景這麼美，
我不能再悲傷了……

清風拂綠柳，白水映紅桃。舟行碧波上，人在畫中遊。
——王維〈周莊河〉

解讀

清風吹拂楊柳，清澈的湖水倒映著紅色的桃花。小船在碧波上前行，就像在畫中一樣。也有人認為這首詩並非王維所作。

但他並沒有像孟浩然一樣徹底遠離官場，
而是過著半官半隱的生活。

四十歲那年，王維出差路過襄陽，
想去探望老友孟浩然，卻聽到他已離世的消息。

王維這才得知，孟浩然這些年一直在各地雲遊，
還經常和朋友喝酒聚餐，享受田園之樂。

解讀 這首詩記敘了詩人應邀去朋友家做客的經過，詩中充滿了田園氣息。

故人具雞黍，邀我至田家。綠樹村邊合，
青山郭外斜。開軒面場圃，把酒話桑麻。
待到重陽日，還來就菊花。

——孟浩然〈過故人莊〉

但他在一次聚會中縱情飲酒，還吃了鮮魚，
導致毒瘡復發而死。

開元末，病疽背卒。

——《新唐書．孟浩然傳》

王維想到與知己陰陽兩隔，含淚賦詩一首。

故人不可見，漢水日東流。借問襄陽老，江山空蔡州。

——王維〈哭孟浩然〉

後來，王維路過郢州的刺史亭，
懷念起孟浩然的音容笑貌，提筆為他畫像。

王維過郢州，畫浩然像於刺史亭，因曰浩然亭。

——《新唐書．孟浩然傳》

解讀

王維路過郢州時，在刺史亭畫了幅孟浩然像，這亭子因此改叫浩然亭。

在王維的心中，孟浩然永遠是灑脫自在的模樣。

回到長安後，王維在藍田縣的輞ㄨㄤˇ川建了一棟別墅，
繼續過著半官半隱的生活。

得宋之問藍田別墅，在輞口。輞水周於舍下，別漲竹洲花塢。

——《舊唐書·王維傳》

他在輞川寫詩作畫，
還和道友裴迪為輞川二十景作詩，出了本《輞川集》。

我們為輞川的
二十景各寫一首詩吧！
好主意！
裴迪

獨坐幽篁裡，彈琴復長嘯。深林人不知，明月來相照。
——王維〈竹里館〉

解讀
獨自坐在幽靜竹林裡，時而彈琴時而長嘯，竹林中無人知曉，只有一輪明月照耀。

但安史之亂打破了美好的一切，
王維被叛軍安祿山抓走，被迫為他工作。

我不認你們這個偽朝！
這可由不得你！

祿山素知其才，迎置洛陽，迫為給事中。
——《新唐書．王維傳》

安史之亂結束後，王維因寫過一首〈凝碧池〉，
加上弟弟王縉為他求情，才得以保住性命。

在偽朝做官的都要殺掉！嗯？
王維這首詩……就放過他吧。
唐肅宗
萬户傷心生野煙，
百官何日再朝天？
秋槐落葉空宮裡，
凝碧池頭奏管弦。

王維在詩中抒發了亡國之痛和思念朝廷之情。

熊生起起伏伏，王維早已看開了一切。

客官要去哪兒呢？
隨意吧。

行到水窮處，坐看雲起時。偶然值林叟，談笑無還期。
——王維〈終南別業〉

解讀
這首詩是王維晚年所寫，他在詩中流露出厭惡官場險惡，想要超脫塵世的想法。

王維晚年隱居山林，不問世事，
官卻越做越大，當上了尚書右丞。他也被後世稱為王右丞。

晚年唯好靜，萬事不關心。自顧無長策，空知返舊林。
——王維〈酬張少府〉

解讀
人到晚年特別喜好安靜，對人間萬事都漠不關心。捫心自問沒有治國的良策，只知道歸隱昔日隱居的山林。

王維和孟浩然共同打造了一幅山水田園圖景。

那麼，山水田園派詩熊嚮往的美好生活，
究竟是怎樣的呢？

那就是經歷熊生起落後，
仍能淡然自若的那份寧靜心境。

王維有多首詩傳世，這裡選取其中兩首，帶大家感受「詩中有畫」的意境。

鳥鳴澗

人閑桂花落，夜靜春山空。
月出驚山鳥，時鳴春澗中。

——王維

解讀：詩人描繪了春夜空山中幽美寧靜的景象，他運用以動襯靜的手法，通過對花落、月出、鳥鳴等景物的描寫，襯托出山中的幽靜。

使至塞上

單車欲問邊，屬國過居延。
征蓬出漢塞，歸雁入胡天。
大漠孤煙直，長河落日圓。
蕭關逢候騎，都護在燕然。

——王維

解讀：這首詩是王維以監察御史身份出使邊塞時所作，記述了他的行程以及沿途所見的邊塞風光。「大漠孤煙直，長河落日圓」兩句描繪了邊塞雄奇壯闊的景象，煉字精巧，是邊塞詩中最著名的詩句之一。

大漠孤煙直，
長河落日圓。
這兩句絕了！
真壯觀！

孟浩然最出名的詩，就是大家耳熟能詳的〈春曉〉，快來再讀一遍吧！

春曉

春眠不覺曉，處處聞啼鳥。
夜來風雨聲，花落知多少。

——孟浩然

解讀：春日裡貪睡，不知不覺天已破曉，陣陣鳥叫聲擾我清夢。昨夜風雨聲不斷，花兒不知被吹落了多少？

《孟浩然集》和《王右丞集》

孟浩然的詩集《孟浩然集》收錄二百一十八首詩，其中絕大部分是五言短篇，多寫山水田園、隱居逸興和羈旅愁思，風格清淡自然，富有生活氣息。

王維的作品集《王右丞集》中收錄了四百多首詩。王維的詩作題材廣泛，描繪過塞北大漠、名山大川、田園風光等景致，尤其是他的山水詩作，風格清新脫俗，營造出了「詩中有畫，畫中有詩」和「詩中有禪」的意境，將山水田園詩推向了新的高度。

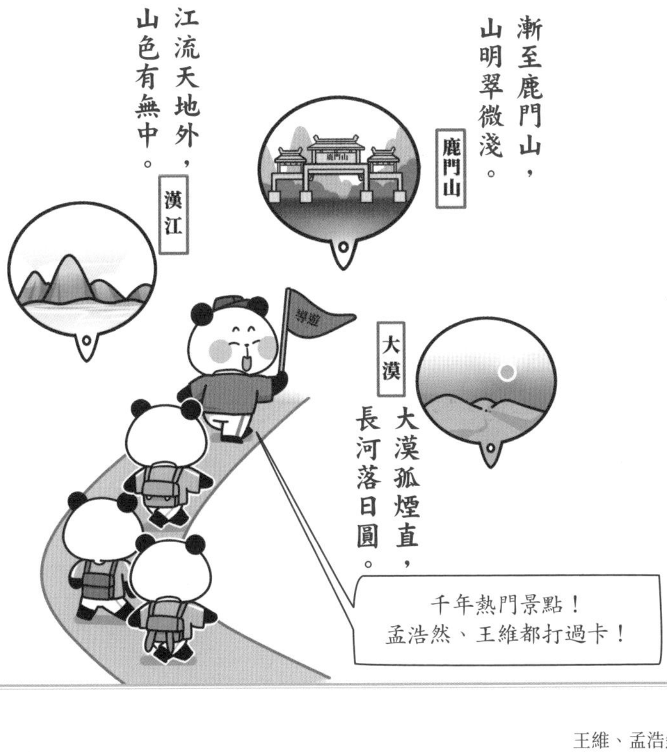
漸至鹿門山，山明翠微淺。
鹿門山
江流天地外，山色有無中。
漢江
導遊
大漠
大漠孤煙直，長河落日圓。
千年熱門景點！
孟浩然、王維都打過卡！

王維的〈相思〉是愛情詩嗎？

「紅豆生南國，春來發幾枝。願君多採擷，此物最相思。」王維的這首〈相思〉借詠物而寄相思，是流傳千古的佳作。但你知道嗎？這首詩還有一個別名叫〈江上贈李龜年〉，它其實是王維懷念友人的作品。在古代，人們把紅豆稱為「相思子」，唐詩中經常能見到用紅豆來暗示相思之情的作品。

願君多採擷，此物最相思。
想不到吧，
〈相思〉不是愛情詩喲！

終南山

接下來帶大家去探訪王維的隱居之處——終南山。

終南山又叫太乙山，位於古城長安（現在的陝西西安）的南邊，是一座具有深厚歷史文化底蘊的名山，傳說老子便是在終南山裡騎牛歸隱的，因此這裡被視為道教的發源地。

終南山環境優美，又離長安不遠，歷史上很多名人都喜歡在終南山隱居，王維就是其中之一。王維晚年在終南山附近的輞川修建別墅，過著半官半隱的生活，並留下了「行到水窮處，坐看雲起時」這樣的千古名句。

王維

我在自家別墅享受著孤獨。安好，勿念。

10 分鐘前

♡ 孟浩然，王縉，李龜年，岐王，玉真公主，張九齡，元二，蘇軾，宋徽宗

孟浩然：老弟啊，看你活得這麼愜意，我就放心了。

王維回覆孟浩然：多想再和浩然兄把酒言歡啊！

王縉：哥啊，有空來看看弟弟吧！

李龜年：昨日又想起了你，我的老朋友！

王維回覆李龜年：哈哈哈。

元二：昨日喝酒時我也想起了你，我的老朋友！

王維回覆元二：勸君更盡一杯酒！

蘇軾：讀完這首詩，腦海裡就浮現出畫面了。不愧是「詩中有畫」！

宋徽宗：好詩！重金求購一幅您的畫！

文豪塗鴉牆

孟浩然

今日在襄陽設宴款待眾位好友，歡迎蒞臨寒舍，不醉不歸！

10 分鐘前

♡ 張九齡，王昌齡，李白，張子容，杜甫，韓朝宗，皮日休，蘇軾

李白：我偶像真有魅力！

孟浩然回覆李白：比心。

杜甫：前輩再來首傳世名作吧！期待……

孟浩然回覆杜甫：等我！吃好喝好就有靈感了。

王昌齡：我來也！什麼時候再來一場說走就走的旅行啊。

孟浩然回覆王昌齡：等我身體痊癒了就去！

韓朝宗：浩然啊，保重身體，不要太隨心所欲了。

孟浩然回覆韓朝宗：知道了，多謝老友關心。